句集 肥後の城

永田満徳

文學の森

句集　肥後の城◇目次

装丁　杉山葉子

句集

肥後の城

ひごのしろ

城下町

肩書の取れて初心の桜かな

さへづりのつぶだちてくる力石

梅園やいつしか人の増えてゐし

水俣やただあをあをと初夏の海

あぢさゐの犇き合ひて無音なり

縄文はかくもおほらか大賀蓮

御田植果てつややかなる飯を盛る

川狩や足腰流されさうになり

衣擦れのして運ばるる夏料理

塩振つて塩の振りすぎ夏の昼

素足下駄薬害を説く薬剤師

我が一生《ひとよ》蟻の一生に及ばざる

教へ子に白髪のありぬ秋初め

残暑の身軸のはづるるごと座せり

糸瓜忌の師も弟子もなき句会かな

暗がりに憩ふ店番地蔵盆

月光や阿蘇のそこひの千枚田

一点を見つめてゐたる案山子かな

風あればさすらふ心地ゑのこ草

石ころが御本尊にて薄紅葉

いがぐりの落ちてやんちやに散らばりぬ

てふてふに晩秋の日の重きかな

立冬や大丼の男飯

極月の貌を奪ひて貨車通る

北風に御身大事と踏み出しぬ

ストーブの触れたき色になりにけり

前の世の風に吹かるる冬の鴫
みづからを叱るごとくに咳き込みぬ

冬籠あれこれ繋ぐコンセント

毛糸編む妻の横顔すなほなる

年の瀬や雑誌の文字の裏写り

髭剃りて髭残りたる師走かな

百夜より一夜尊し大晦日

凧を呼び凧に従ひ凧上がる

どんどの火灰になるまで息づけり

薄氷の縁よりひかり溶けてゆく

生垣に鳩潜り込む雨水かな

差しきたる日に応へむと梅の花

縄文の血筋を引きて独活嚙る

愚痴ひとつなかりし母よ紫木蓮

南朝につきし一族桜狩

城といひ花といひ皆闇を負ふ

城下町みづうみのごと霞みけり

藤房の一つ揺るるや百揺るる

手を打つて笑ひ飛ばせば梅雨明くる

空蟬の生の証しを残したり

あめんぼのながれながれてもどりけり

熊蟬のここぞとばかり鳴きはじむ

大波に攫はるるごと昼寝かな

さつきまでつぶやきゐたるはたた神

黙すまで聞き役となる涼しさよ

象の鼻地に垂れてゐる残暑かな

一踊りして歩をすすむ阿波踊

良夜なり音を立てざる砂時計

秋の鯉おのれを食らふほどの口

いつまでも身に添ふ秋の影法師

コスモスや阿蘇からの風吹くばかり

オートバイ落葉の道を広げたる

ペンシルの芯折れやすき夜学かな

仮名書きを習ふにいろは冬うらら

手袋のひとつは犬の散歩用

路地に出でおのれに戻る寒さかな

悴みて身の置き所なき世かな
鶴の声天の一角占めにけり

肥後の城

曲りても曲りても花肥後の城

花筏鯉の尾鰭に崩れけり

田原坂肩にぽたりと落花かな

※田原坂＝西南戦争の激戦地

菜種梅雨句読点なき江戸の文

受け入るるごと白木蓮の咲き始む

予後のわれ妻に遅れて青き踏む

ふるさとは橋の向かうや春の空

風船の行方知れずを良しとせる

死に至る烈士の意志や樟若葉

さみだれの音だりだりとわが書斎

荒梅雨や呵呵大笑の喉仏

梅雨深しこの話どう収めんか

喉元に居着くものあり夏の風邪

肌よりも髪に付く雨アマリリス

そこら中騒がしくなる夕立かな

父の日や望郷子守唄吟ず

炎暑なり行く先々に停止線

我が影を刻印したる大暑かな

助手席の西瓜のごろんごろんかな

天草のとろりと暮れぬ濁り酒

照紅葉墓域というて墓はなく
月冴ゆる橋の名ごとにバス停車

現し身の捨てどころなき寒さかな

冬深し土間が売場の蒟蒻屋

耳元で北風鳴れり田原坂
起きぬけの肩の強張り三島の忌

年迎ふ裏表なき阿蘇の山

左義長の余熱に力ありにけり

寒鯉や黒透くるまで動かざる

人込みを肩に分けゆく寒さかな

落葉踏む音に消えゆく我が身かな

春昼の鯉めくるめく渦なせる

蝌蚪生まるどれがおのれか分かぬまま

をんどりのさとき鶏冠や花なづな

過去のごと山重なりて夕霞
みちのくのやはらかきいろ花林檎

熊本地震　十四句

こんなにもおにぎり丸し春の地震

霾天に遍満したるヘリの音

余震なほ耳元で鳴く遠蛙

春の夜やあるかなきかの地震に酔ふ

「負けんばい」の貼紙ふえて夏近し

新緑や湯に流したる地震の垢

地震の地を逃れて風の菖蒲なる
あれこれと震度を語る芒種かな

体感で当つる震度や夜半の夏

夏蒲団地震の伝はる背骨かな

骨といふ骨の響くや朱夏の地震

本震のあとの空白夏つばめ

石垣の崩れなだるる暑さかな

紫陽花や壊れしままの道祖神

舟ほどの万葉の島濃紫陽花

脱稿の後の気だるさ螢飛ぶ

じんわりと夜の迫り来る蜥蜴かな

この川を上りて来たる鰻食ふ

片肘を挙げて清水を飲みにけり

昼寝覚われに目のあり手足あり

ぱさぱさの鶏の胸肉夏の風邪

争ひの双方黙る扇風機

熱帯夜溺るるごとく寝返りす

見送ればそこに香水残りけり

慰霊の碑も埋立ての地も灼けてをり

※水俣湾埋立地に建つ「水俣病慰霊の碑」

首を灼く日差しが痛し敗戦日

竹の春これより先はガラシャ廟

居住地が震源地なる夜長かな

わが身より家鳴動す夜半の秋

身に入むや被災の城に鴉舞ふ

突出しの芋煮をつつく文学論

秋風や片手を挙ぐる師の遺影

日田往還中津街道彼岸花

あけぼのの音とし残る虫の声

秋うららデモの後尾に乳母車

戸を揺らし鍵を掛くるや年の暮

灯を点けて常の机や漱石忌

悴みておのれに執すばかりなる

湯気に入り湯気に沈みて初湯かな

喧嘩独楽手より離れて生き生きと

花の城

夭折にも晩年のあり春の雪

学究はものに語らす梅真白

制服をどさりと脱ぐや卒業子

阿蘇越ゆる春満月を迎へけり

石垣のむかう石垣花の城
しろがねの鬢をととのふ花の宵

筆名は下宿の地名燕来る

春昼やぬるんぬるんと鯉の群

揚雲雀古墳一つに人ひとり

どら焼きの一個をあます暮春かな

おのづから螢見る眼となりにけり

ひたひたと闇の満ちくる螢かな

今といふ時のいただき古代蓮

扇風機語り掛けたくなるときも

尺取の身も世もあらぬ身を上ぐる
かたつむりなにがなんでもゆくつもり

蛇の滑り泳ぎとなりにけり

白鷺のおのれの影に歩み入る

母校とはただ炎天のグラウンド
ポンポンダリア空の一角より晴れて

あんな人こんな人ゐる涼しさよ

フランスは遠しされども秋隣

寝るまへの水を一気に原爆忌

処暑の身を任せてゐたり心電図

あぶれ蚊の寄る弁慶の泣きどころ

ひとしきり残る虫とは知らず鳴く

蓑虫の蓑は防備か無防備か

満月や地の電柱の生々し

宵闇を誘ひだしたる踊かな

掛声の空に伸びゆく秋祭

夜半の秋頬を撫づれば顔長し

庭一杯菊を咲かせて老いにけり

霧晴れて牛は牛たるさまで立つ

満ち足りて釣瓶落しの山仰ぐ

破蓮やところどころに雲映す

滝の水涸れなんとして白刃なす

対岸はバテレンの島枇杷咲きぬ

母のあと追ふごと銀杏落葉舞ふ

手袋の片方はづし道示す
追はざれば振り返る猫漱石忌

全身に広がる寺の寒さかな

ストーブを消して他人のごとき部屋

忘年の貌引つさげて来たりけり

復興の五十万都市初日差す

朝日差す富士のごとくに鏡餅

声大き人来て揃ふ四日かな

寒晴や手で物を言ふ写楽の絵

寒風にぼこぼこの顔してゐたり

引く波に心預けて冬終る

春立つや色刷に凝る広報紙

北斎の波の逆巻き寒戻る

春の雪いづれの過去のひとひらか

群をなすことを力に鶴引けり

春望の山ふところの我が家かな

玄関の紙雛へ声掛けて出づ
この町を支へし瓦礫冴返る

春の雷小言のやうに鳴り始む

青潮にこぼるる万の椿かな

花見莫蓙退職の人真ん中に
やけにまた礼儀正しき新社員

一振りの音の確かな種袋

春筍の目覚めぬままに掘られけり

身ほとりに煙のごとき春蚊かな

鮭五郎飛び損ねたる顔なるよ

うつし世やなんぢやもんぢやの花ざかり

我もまた闇のひとつや螢舞ふ

蓮咲いて古代の空を近しうす

ひつじ草太古のひかりそのままに

手足より苗立ちあがる御田祭

湧き消ゆる雲のはぐくむ植田かな

片蔭に己が影押し込めてゐる

半球はつかめぬかたち天道虫

炎昼や身体遅れて坂下る

交差点大暑の人の動き出す

大阿蘇の地霊鎮むる泉かな

立秋やどの神となく手を合はす

新涼や妻へ真珠のイヤリング

しやりしやりと音まで食らふ西瓜かな

ぱつくりと二百十日の噴火口

秋雲を束ねてゐたる阿蘇五岳

天高し浦に潜伏キリシタン
秋の風石積み上げて墓碑とせる

余震なほ闇を深めて虫鳴けり

とんばうのとんばうを追ふ汀女の忌

コスモスの揺れては空の蒼ざむる

そこここに父の足音栗拾ふ

波のごと祈りは絶えず秋夕焼

街の灯の一つに我が家秋の暮

紅葉かつ散ることごとく殉死の墓

※百二十三士之碑（桜山神社）

墓守といふ生涯や冬日向

原城址火箭のごと降る冬の雨

※原城址は「島原・天草一揆」の舞台

丘一つなべて貝塚冬うらら

木偶人形もんどり打つや初時雨

葉牡丹の客より多く並びをり

炭つぐや後ろ楯なき立志伝

風呂吹や尾鰭のつきし艶話

遠き人ほど偲ばれて賀状書く

三日はや地震に揺れたる書斎かな

ぱんぱんに鞄に詰めて初仕事

初句会まづは叙勲を言祝ぎぬ

ペンギンのつんのめりゆく寒さかな

大寒のひとかたまりの象の糞

沖よりの朝日を浴びて寒稽古

巌一つ寒満月を繋ぎ止む

大阿蘇

髭をのみ思ひ髭剃る寒の明

鶏小屋の鶏出払つて梅咲ける

白梅のひかりあふれてこぼれなし

梅東風や祠に至る幟旗

紙雛を置きて定まる目の高さ

とんとんと日の斑を畳む花筵

釣つてすぐ魚を放つや山桜

廃校は島のいただき花朧

やどかりの抜けさうな殼引きずりて
てふてふのくんづほぐれつもつれざる

うららかや豚はしっぽを振りつづけ

薩摩芋ほかつと割つて昭和の日

三方の山をしたがへ紫雲英咲く

消ゆるまで先を争ふ石鹸玉

すかんぽや磁石引きずり砂鉄採る

観音の千手が満つる暮の春

甕棺に全身の骨若葉光

螢火のぼとりと草へ落ちにけり

切々と犬の遠声梅雨兆す

入梅のみぎりと書いて筆を擱く

大阿蘇は神のふところ青田波

水源は阿蘇の峰々通し鴨

一条のひかりの鮎を釣りにけり

いかづちのとよもしわたる肥後平野

とんばうの骸は風となりにけり

老犬の背より息する残暑かな

野分あと雲は途方にくれてゐる

大阿蘇を踏石として月昇る

秋の雨地にあるものは音立つる
マーラーのホルンに浸る夜長かな

令和元年度「未来図賞」を受賞して

鞄より賞状の筒豊の秋

宴果てて夜寒の顔を持ち帰る

どんぐりの落ちしばかりの光かな

全学年つらぬく廊下銀杏散る

時に住む時計店主や鳥渡る
芒原けものになつて駆けようか

ひとしきり煙りて阿蘇の山眠る

喝采を浴ぶるごとくに日向ぼこ

犬逝くや遊びし庭に冬の雨

雪降るや茅葺厚き阿弥陀堂

稜線を残して寒の暮れゆけり

復興のマンション並ぶ初景色

初鴉祖父の声して過りけり

四日はや喪帰り妻の割烹着

成人の日の城を遠まなざしに

今は亡き犬の首輪や日脚伸ぶ

春雷や自殺にあらず諫死なり

不要不急の外出自粛を受けて　三句

庭に出て風と語らふ卯月かな

自宅待機守宮いつぴき友として

菖蒲湯に沈み明日をうたがはず

日の本の空を広げて田水張る

田植して健やかとなる峡の風

令和二年七月九州豪雨　八句

一夜にて全市水没梅雨激し

身一つもて元気と出水の故郷より

出水川高さ誇りし橋流る

※高校の通学路であった「西瀬橋」

梅雨出水避難の床にぬひぐるみ

雨音にけふも出水の悪夢かな

むごかぞと兄の一言梅雨出水

我もまた災害死かも梅雨出水

前触れはいつも雨音戻り梅雨

首もたげ太古をのぞく蜥蜴かな

大鯰口よりおうと浮かびけり

起き抜けの腕立て伏せや土用太郎

雨垂れの落し子なるや青蛙

逸れさうで逸れぬ泳ぎや源五郎
ぐらぐらとぐんぐんとゆく亀の子よ

母方の祖先は与一夏の海

ふるさとの夢の底より昼寝覚

狙ひうちしたるやうなる夕立かな

戦死者に敵味方なし日の盛

もぞもぞとなんの痛みか長崎忌

あの世より来て飛び去りぬ鬼蜻蜓

鰓呼吸したき残暑の夜なりけり

不知火や太古の舟の見えてきし

阿蘇五岳まづ野分雲懸かりけり

見慣れたる山の大きや台風過

食前酒かつ月見酒阿蘇の宿

ゆつたりと波打ちてをり月見舟

庭石の息ひそめゐる既望かな

音聞くは音との対話添水鳴る

秋ざくら日差しも風も味方して
こほろぎやじつくり絞る歯磨き粉

夜学果て居残りの子の机拭く

初紅葉廃寺の鯉の古色なる

縦横に風あそばする尾花かな

雲は日を包み離さず芒原

カンナ燃ゆ民家になじむ天主堂

鯊跳ねて雲一つなき有明海

指につく粘着テープ憂国忌

どこまでもゆける心地に落葉踏む

青空を恋ふるかたちや冬木の芽

秘蔵つ子のやうな青さや竜の玉

大鷲の風を呼び込み飛びたてり

湯たんぽやぽたんぽたんと音ひびく

庭落葉ときをり掃くも余生かな

大根干す海のけはひの西の空

冬麗のどこからも見ゆ阿蘇五岳

阿蘇見ゆる丘まで歩く師走かな

阿蘇五岳雲の波打つ淑気かな

寒日和窓てふ窓に阿蘇五岳

句集　肥後の城　畢

あとがき

平成二十八年四月十四日夜と十六日の未明に、最大震度七を観測する地震が発生した。多数の家屋倒壊や地盤沈下など、熊本県内に甚大な被害をもたらし、「平成二十八年（二〇一六年）熊本地震」と命名された。熊本城は至る所で石垣が崩れ、天守閣の鯱も落下した。熊本のシンボルである熊本城の崩壊は目を覆うばかりで、図らずも涙がこぼれた。

令和二年七月四日、未明から朝にかけて熊本県南部を集中豪雨が襲い、球磨川が氾濫し、土砂崩れや浸水被害が多数発生した。人吉市は、市街地を中心に広範囲にわたって浸水や冠水が発生した。一夜明けた五日、高校卒業まで過ごし見慣れていた市内の景観は一変していた。故郷を離れて四十数年経っても、人吉の惨状は他人事ではなかった。

震災は句集『肥後の城』の成立に大きな影響を与えた。熊本城を悼む気持を句集の題にして、熊本地震の句を起承転結の〈転〉の部分に当てるつもりで編集を進めていたところ、人吉で大水害が起こり、奇しくも二つの大災害を悼む句集になった。

本書は第二句集である。平成二十四年より令和二年までの八年間の句の中から、三四四句を収めた。平成二十四年発行の第一句集『寒祭』が二十五年間の句業を纏め、終生の句集という思いで刊行したのに比して、短期間の句業を収めることとなった。八年間で五〇〇〇句以上の俳句を残せたのは、「俳句大学」を拠点とした俳句活動の進展によるところが大きい。

「俳句大学」は、「花冠」名誉主宰の高橋信之氏の発案で、「俳句スクエア」代表の五島高資氏と計らって、インターネット時代の俳句の可能性を探ることを目的に設立し、ネット上に新たな句座を創出した。月一回のインターネットの「俳句大学ネット句会」や毎日、あるいは週一回の Facebookグループ「俳句大学投句欄」のイベントなどに投句し、講師として選句を担当してきた。今日まで継続して来られたのは、ひとえに「俳句大学」の活動に対するご理解とご支援の賜物である。

『寒祭』のあとがきに「夏目漱石の言葉として残っている『俳句はレトリッ

クの煎じ詰めたもの』に倣い、連想はもとより、擬人化・比喩・デフォルメ・空想・同化などを駆使して、多様な俳句を作っていきたい」と書いたが、その気持は今も変わらない。

貴重な帯文を賜った奥坂まや氏に、第一句集刊行後ご指導を仰いだところ、本句集の成立まで懇切丁寧にお導き頂いた。感謝の念に堪えない。

令和二年、約三十三年間在籍した「未来図」は鍵和田秞子主宰が亡くなられたことによって終刊することになり、現在「秋麗」の藤田直子主宰にお世話になっている。

最後となったが、俳句の縁を結んで頂いた故首藤基澄先生を始めとして、「火神」の今村潤子主宰、句座をともにしている皆様に感謝申し上げる。

句集上梓にあたり、「文學の森」の齋藤春美氏にひとかたならぬお力添えを頂いた。

この先も永く俳句を作り続けてゆきたい。

令和三年七月

永田満徳

著者略歴

永田満徳（ながた・みつのり）

1954（昭和29）年　人吉市生まれ
1987（昭和62）年　「未来図」入会、鍵和田秞子主宰に師事
1990（平成２）年　「火神」創刊・同人、のちに編集長、首藤基澄主宰に師事
1995（平成７）年　「未来図」新人賞、翌年同人
2003（平成15）年　俳人協会熊本県支部事務局次長（～2010）
2005（平成17）年　熊本県文化懇話会（文学）会員
2009（平成21）年　日本現代詩歌文学館振興会評議員
2012（平成24）年　第一句集『寒祭』上梓
2015（平成27）年　俳人協会熊本県支部事務局長（～2018）
　　　　　　　　　俳句大学設立、学長となる
2017（平成29）年　俳人協会幹事
2018（平成30）年　日本俳句協会設立、副会長となる
2019（令和元）年　俳人協会熊本県支部長
　　　　　　　　　「未来図賞」受賞
2020（令和２）年　「未来図」終刊、「秋麗」入会、同年同人

著　書　『寒祭』（文學の森）
共　著　『漱石熊本百句』（創風社出版）
　　　　『新くまもと歳時記』（熊本日日新聞社／熊日文化出版賞受賞）

現住所　〒860－0072　熊本県熊本市西区花園６丁目42－19

句集

肥《ひ》後《ご》の城《しろ》

発　行　令和三年九月二十七日
著　者　永田満徳
発行者　姜　琪　東
発行所　株式会社　文學の森
〒一六九-〇〇七五
東京都新宿区高田馬場二-一-二　田島ビル八階
tel 03-5292-9188　fax 03-5292-9199
e-mail mori@bungak.com
ホームページ　http://www.bungak.com
印刷・製本　大村印刷株式会社

ISBN978-4-86438-644-9　C0092